나무의 귓속말이 떨어져
새들의 식사가 되었다

편무석

시인의 말

생을 더듬는 슬픔이 저녁별 같았다

귓속말은 정말 한 끼의 식사가 될 수 있을까
새들의 힘을 너무 쉽게 빌려 썼다
갚을 날 있을까
나무는 빛을,

뜨거운 빛을,

2022년 4월

편무석

나무의 귓속말이 떨어져
새들의 식사가 되었다

차례

1부 이 봄의 슬픔은 누가 신고 갈 신발인가

생일	11
뒤뜰	12
통영	14
문상	16
공원	17
섬의 기원	20
비의 질서	22
첫눈	24
빈집을 짓는,	25
병원	26
눈사람	28
봄날, 대청	29
포옹	31
가을의 방	33

2부 가끔 울음이 샜다

운명의 힘　　　　　　　　　　　37

버들 국수　　　　　　　　　　　38

섬의 기원 2　　　　　　　　　　40

목련　　　　　　　　　　　　　41

공양　　　　　　　　　　　　　42

눈사람 2　　　　　　　　　　　43

꽃비　　　　　　　　　　　　　45

종소리　　　　　　　　　　　　46

배웅　　　　　　　　　　　　　47

절규　　　　　　　　　　　　　48

풍경　　　　　　　　　　　　　49

상사화　　　　　　　　　　　　50

꿈에　　　　　　　　　　　　　51

꽃지에서　　　　　　　　　　　52

간월도　　　　　　　　　　　　53

3부 슬픔을 건축하는 들꽃

굴밥   57

까치집   59

진문여, 혹은 아틀란티스   60

격렬비열도   61

민달팽이   62

무화과   63

가뭄   64

유산   66

금강   67

물고기 평전   69

반성   70

안녕, 플라타너스   72

입문   73

낮술   74

막걸리   75

4부 식지 않은 이슬을 이고

문신	79
뒤안길	80
달이 큰다	82
안거	84
못	86
소금꽃	87
궁남지	88
땀의 변명	89
살구	90
소낙비	92
손님	93
빈집	94
인류	95
수술	96
질문	98

해설

진심의 이념과 서정	100
—소종민(문학평론가)	

1부
이 봄의 슬픔은
누가 신고 갈 신발인가

생일

나비가 다녀가며 중얼거린 독설을
꽃말로 새긴 울음과
죽은 듯 서서
기침에 오줌 지리는
나무

후, 긴 잠을 불었다
나는 겨우 살아와
발의 붓기를 빼고 있다

뒤뜰

안타깝게도 떠내려가야 했던 내가 타고 온 것은 눈물이었다 몇 차례의 정착지에서 덜컹거리며 말라 죽는 나를 던졌고 물수제비 뜨며 한 번만 더 이번이 마지막, 마지막이야 아슬히 우는 버릇이 늘 떠나는 이유였다

핏발 선 눈에 울음이 장작처럼 쌓인 종유석이 전봇대로 서서 골고루 빛을 뿌렸지만 정작 가장 어두운 말뚝이었다는 증언들

이따금 소소한 말들로 쉽게 큰 말을 지우는 재주는 참담하고 당혹스러운 가발이었고 말을 벗어 두고 사라졌어도 누구나 오랫동안 쓸 수 있는 신통한 유혹이었다

성城은 성性의 뒤뜰

어떤 날은 슬픔을 쪼그리고 앉아 빈 병을 불면 뒷문 앞으로 여우가 색소폰 닮은 울음을 닦아 보낸다는 소문을 더러워해야 하는 등불은 슬프고 안타까워 콜록거

렸고 목에선 그을음만 끓었다 신비에 가깝게 키운 늑대
가 멋질 수 있다는 것은 정말 늑대다운 일이었고 조련사
의 노련한 운영의 결과였다

　여름 한철 무엇을 뽑아 버리고 무엇을 심어야 할지
모르면서 땅을 팠다 끝없이 들끓어 여름이었고 더 이상
팔 수 없을 때 여름의 설원을 알았다 구멍 뚫린 하늘의
느닷없는 사태에 야윈 어깨로 쏟아져 내린 눈 폭풍은
고도로 계산된 여름의 생산 기술이었다

　잘 익은 울음의 껍질을 벗겨 주겠다던 나는 나를 홀
딱 벗어 버리고 말았다
　지금 여기,

통영

걷는 모습이 닮았다고 아는 척 눌러앉은 자리를 맴
돌다 보니 누구나 한 척의 통영이었다 부딪쳐 텅 빈 머리
를 탈출하며 띄운 부표는 가라앉지 않았고 사소한 기척
들을 살펴 통영을 통해 통영을 알게 됐고 몸에 습관처
럼 밴 통영을 살며 한번 가 보지 않고도 은밀히 남겨 둔
통영에 갇혀 통영을 살았다

기침은 뱃전에 올리는 멋쩍은 안부였고 공손한 질투
였다

기우뚱거릴수록 힘을 빼는 배는 모르는 척 이상마저
썰물처럼 빼 버렸다 통영을 깃대에 걸고 온 힘 다해 끌
어 올려도 감당할 수 없는 역할을 요구하는 밤을 유유
히 빠져나가던 날이었고 너무도 깊이 물집 잡힌 몸은 어
김없이 집어등에 홀려 기웃거리던 어둠이었다. 풍선처
럼 부푼 발소리를 붉은 동백에 실어 서럽게 내어놓은 아
침은 힘에 부쳤고 말뚝으로 닳고 있는 발자국은 타인의
발을 꺼내 신어야 했다

쉴 새 없이 물간 고통의 배를 갈라 꾸덕꾸덕 말렸다

빛을 더듬다 숨어 버린 혀는 멀고 너무 끈적거렸다 짐
승의 살아 있는 신호가 집요하게 찔러 짐승으로 가두었
다 애간장 녹은 눈을 잊은 듯 중얼거리며 가난의 만선
을 누리는 낭만은 내 안의 치명적인 물결로 친 바람벽의
성과였다

통영을 사는 눈사람을 덮친 바다는
비명을 음악처럼 흘렸다

문상

진흙밭을 구르며
벌레처럼 살았다고
입에 달고 살다
조곤조곤 벌레 소리로 누우셨네

이승과
저승의 역사驛舍에서
사흘을 나누었는데요
꿈틀, 잠든 소리는 기척인데요

마지막 겸상에
가을볕 봄비는 환승역,
지는 해가 더 뜨겁다고
야단인데요

어디쯤에서 내려야 찬란燦爛,
다음일까요

공원

사막을 지나 지하철은 연착했다 늘 한발 늦었지만 기억의 터널에서 마지막에 놓친 발자국이 샘이었고 목을 축이기엔 불결해 보였다 검은 시간을 가시로 뽑아 쓴 선인장은 놀라웠고 더러는 수건으로 목을 가렸지만 여기저기 튀어나오는 소리가 더 날 세워 불편을 호소했다 눈치만 는 고양이는 웅크린 의자였고 역할을 다한 도구들이 얹혀졌다 등을 부리면 가시만 곤두서는 화분

캐어 맞춘 뼛조각들이 엉성하게 서성거렸다
생각하는 것만 보고 듣는 골격은 얼마나 끔찍하고 간결한 흉기인가

나무그늘이 나무를 삼키는 것을 보았다 더 큰 나무로 돌아와 평정했지만 두려움을 숨기지는 못했다 풀은 당황한 문상객처럼 허리 굽혀 겨우 체면치레를 하고도 허둥거렸다 한낮의 전등불은 외벽에 부딪힌 비명을 쪽창 앞으로 하얗게 몰아붙였다 좀처럼 열리지 않고 온전히 하루를 걸어 잠그는 나무들

낡은 자전거가 아이를 훔친 줄 모르고 천천히 지나갔
다
　물먹은 얼굴이 초록으로 떨어졌고 그 순간
　초록은 미래의 공습이었다

　엄마 손 놓친 아이가 고장 난 벨처럼 울었다

　시간을 쪼개 쓰는 벽시계는
　낮은 계단에도 숨이 찼고
　어떤 소리에도 간섭하지 못해
　덩칫값도 못하는 폭력일 뿐

　고요한 꽃의 스피커를 맴돌던 새가 시곗바늘에 앉아
시간을 구부려 버렸다
　낡은 자전거 바퀴에 감긴 울음을 조금씩 풀어내는
슬픔은 덜컹거렸고 전부 나사가 풀려 따로 놀았다 펴지
지 않는 날개가 혀로 변했고 서로가 서로를 끼워 맞춰
그럴듯해 보였지만 누구도 앉지는 않았다

오래된 미래*가 터널의 입구에 깔렸다

염殮은 충분히 언어를 기억해냈고
안개를 뭉쳐 입을 막았다
뒤돌아 불은 젖을 짜던 엄마 냄새만 흥건했다

* 헬레나 노르베리 호지의 책

섬의 기원

눈물의 수평선에 앉아 있는 기다림은 아프고 단단한
외로움이었다

섬에 가 살자는 제의에 우리는 쉽게 동의했다 학교를
파하면 아까시 숲으로 모였다 톱질에 아까시나무는 가
시를 세웠고 아이들을 거두는 소리로 물드는 저녁이면
두렵던 속 짐을 하나둘 내던지고 부푼 꽃잎을 챙겨 돌
아섰다 서두를수록 자꾸만 발이 발에 걸려 더 붉어지
던 노을
　저녁은 왜 가지마다 가시를 돋웠을까

바다가 갈라졌다 뗏목을 타고 나선 친구들의 얼굴이
떠밀려 왔다 철조망에 매달려 아! 발목에서 솟구치던 안
개, 아버지 새벽 심부름에 소금이 뿌려지던
　겁쟁이로 몰아세워 나는 더 열심히 톱질을 해야 했다
모래바람이 쓸고 지나가면 써늘해 목을 매만지던 꽃들,
　가시가 가시를 겨누었다

뗏목을 엮기로 한 날 묻어 둔 나무를 캐어낼 수 없었
다 모두가 자신의 결백을 주장했고 나를 의심하는 눈치
였지만 서로를 추궁하진 않았다 깊은 숨에 흘려 버린 떨
림

　정말 가시가 한 삶의 버팀목일 수 있을까

비의 질서

끝날 줄 모르는 폭염은 넓고 깊은 대륙
눈빛의 삭정이가 화염에 들면
풀은 몸에서 힘을 빼고
나무는 먼저 꽃을 떨구었다
사람은 사람을 비로 여겼다

어쩌다 소낙비라도 닿는 날엔
흙먼지 뽀얗게 일으키다
일쑤 제 발에 걸려 쓰러지던
비의 발굽이 애처로웠다

입에 갇힌 들소
돋은 헛바늘로 자신의 언어를 찔러
기억으로 배를 채우는 되새김
뿔이 제 정수리로 향하기까지
종족의 시간을 뜯어 먹는
얼마나 많은 혀에서 세상은 뛰쳐나가
사막을 식빵처럼 썰었을까

물가에 잠복한 사자의 하품에 구름이 일었다

물통을 열매처럼 달고 서 있는
아이들 무릎에 떨어져 새기는
혀끝의 낙숫물은 무엇인가
이 톱니바퀴 같은 난장亂場은

첫눈

나무들의 귓속말이 떨어져
새들의 식사가 되었다
매일 진물에 젖던 나무의 무릎
죽는 줄 모르고 피운 꽃의 고역이다
고라니 너구리 방아깨비 고추잠자리
슬그머니 눈도장 찍는 핀잔에
밤마다 반딧불이 집회에 시달린 은행
이젠 수놈만 심는다고 노랗게 떴다
제풀에 지친 쑥의
희끗희끗 마른 정신들
베옷을 차려입은 강아지풀의 목례 앞에
서로 구름의 속사정을 둔 내기에
일기예보를 믿었던 소나무는
봄날 송순주로 대신하기로 했고
도토리묵을 내겠다는 떡갈나무

첫눈이 숨어 있는 입 말문이 튼다

빈집을 짓는,

구들을 불처럼 지나는 것은 대 뿌리만이 아니었다
바지랑대로 쓰이던 사내의 혀 같은 댓잎이 쌓였다
오랜 날을 물어뜯는 개가 있다

어미 몸을 눌러앉힌
함박눈 몇 눈부시다
입은 잘 익은 수박처럼 벌어졌고
낯선 두려움이 하루의 전부인 양
깊이 패는 생의 반경

사금파리가 울음의 날을 세우고
굴뚝의 항아리는 숨을 앓는다

벗어 둔 담장과
그을음의 기억을
짓는, 컹 컹

병원

겹겹이 묶었다
책의 두께로 쌓인 먼지에
눈웃음은 푹푹 빠지고
어둔 골목을 다 써 버려
인적은 끊겼다
과자 봉지같이 남은 부푼 상상과
무사히 한 끼를 지난 식구들
말의 가시가 박혀 덤비는 사자는
생을 누명으로 써 버렸고
방은 궁색했다
탁한 비명을 갈아 주는 손을 봐봐
내일은 자꾸만 목으로 손이 가
상냥한 저항을 틀어야지
쉽게 뽑혀 나갈 음악을
앳된 나이에 위로의 녹화를 마친
한생이 죽음을 섭취하는
당연한 병病에
최선을 다하고 있다

꽃의 병실

눈사람

혼잣말을 낳는 사람
뼈마디 내려앉는 발자국 소리는
흰 뱀이 벗어 놓은 허물
꿈에 흔들리고 부서지던 이빨에
혀를 깨물고 죽어 가는 말들을
먹고 또 붙여도 엇힐 뿐
오롯이 뼈가 되지 않고
따뜻한 말 한마디 담지 못해
멀뚱멀뚱 서로를 바라보며
콧김만 뿜었다
언 목을 다시 세워
게으르게 서로를 굴렸다
안마당을 돌돌 말은 뱃속
허물로 벗어 지워져 갈
생의 인주印朱
흰 뱀의 발길질에 차이는 사람
아직 생이 남아 있다

봄날, 대청

절망은 수몰된 신작로 같았다

물거울의 서고에서
길가에 열심히 심은 슬픔들을
삶의 결정적 징표로 열람하는
기록의 호수

거울의 무게는 꼼꼼하고
패잔병의 해진 깃발처럼 나부끼는
존재가 그저 위안이고 만남인
억새를 너무 닮아 나누는
이 쓸쓸

발자국을 물로 쓰고
물로 키워낸
가죽신 같은 대청大淸을 벗는데

이 봄의 슬픔은

누가 신고 갈 신발인가

포옹

보낼 시간을 세워 둔 가로수 아래에서
따뜻한 안부를 키우는 일이었어
가슴 저 밑바닥으로 눌러앉혀
서로를 꼭 밟아 주는 일이었지
몇 날 며칠을 두고
내일의 상징처럼
내 몸을 안고 돌아서
세월을 쓸어
상처로 밝히는 아침은 또
아침의 병病을 비우는

어쩌면 흔들릴 때마다
온힘을 잃어버리고 저만치서
나이를 쓰는
낙엽의 후유증인지 모르겠어
볕의 속울음을 쬐는 포옹에
울컥 단풍을 쓰는
나무의 순간

지나 보낸 흔들림은 다 남겨 두고
어깨에 내려앉은 화인
설움을 찍고 깃을 치는 이
포옹의 화법

가벼운 생에 갇힌 몸이 불편해
가을은 나를 앓고
나는 가을을 서럽게 타오르는데
우리는 얼마나 더 타야
잘 자란 안부를 꺼낼 수 있을까
나무들이 나무라 부르는 나를 껴안는
사랑할 수밖에 없는 울창한 아픔을
꽃으로 피워 울음을 웃는
저 나무처럼

가을의 방

감국을 방에 들였더니 비탈이 누웠어요
다발로 묶여서도 포기할 수 없는
노란 얼굴들의 벼랑
뽑힐 줄 모르는 물에서
뽑을 수 없는
주문한 몇 권의 책을 씻는
오후라는 물을
너무 급히 스쳐
허옇게 센 머리의 삭발에
팅 팅 줄 끊어지는 소리가
꽃의 자리에 솟아
제자리였는지 혼란스럽지만
살아지는
잘 살아내는 것인지요
먼 발소리에 밟혀 놓지 못하고
쥐어뜯고 있는 얼굴 얼굴들
수심이 창호지처럼 붙은 병은
꽃들의 항港

단식으로 봄날의 체중을 쏟아내린
슬픔의 다리가 저린가 봐요
꽃들이 놓은 이별을 만나
꽃으로 질 수 있을까요

2부
가끔 울음이 샜다

운명의 힘

벚나무는 품에 든 참새들 밥 재촉하는 소리가 싫었
다
봉숭아는 누이의 손톱에 긁힌 기다림이 싫었다
장미는 몸의 가시를 견디지 못하고 담을 넘었다
국화는 가을 서릿발이 뼈아팠다

너는 내가 싫다고 했다

버들 국수

버들잎 간판 아래
바람과 햇살과 사람들이 줄 서 있다
국숫발은 그곳에 자손을 퍼뜨린 나무
부지런히 분틀을 움직여 가지를 키우는
나무에 세든 버들 국수가家 마치,

혹한의 자작나무 속
바라보면 볼수록 치댄 역사가
줄줄이 흘러내려 끓어 넘칠 것 같은,

동치미 국물로 배 채우던
살얼음 낀 어릴 적
빈손에 버들가지로 꽂아 주던,

틈틈이 빨아 널은 기저귀 같아
늦둥이가 노란 똥을 싸 놓고 징징거리는 곁에 눕고 싶
은
마누라에게 물벼락 맞을 상상을 끓여,

후루룩 버들피리가
아주 오랜 실타래를 켜고 있다

섬의 기원 2

어둠에 끌려 쓰러졌다
일어서는 불빛,
서로를 밖으로만 내몰아
하나만 살아남아도 이기는 것을
날숨에도 놀라 쓰러지는
힘을

무릎이 꺾이고
목이 뒤틀려도 태연하게
지도 위를 걷다
웅크린 자세로 묻히는 벌레
포로가 되어
저 바다를 펄럭이다
밥그릇으로 엎어졌다

얼마나 더 굶어야
나비는 공화국이 될까

목련

보내지 않아
생각만으로도 숨이 멎어
거인이 된,

온몸에서 긁어내는 봄볕
침묵을 깨문 가지마다
눌러쓴
건巾,

하얗게 가라앉는
밀물 진 울음에
또르르 구르는
눈부처

공양

늦은 공양을 짓는 귀뚜리가
자꾸만 나뭇가지에 걸려
긷던 물 쏟네

귀뚜르르 귀뚜르르
돌부처 입가에 환한
밥 끓는 소리

눈사람 2

가만한 여행에
사라져 가는 발자국을 모으니
눈사람이 왔다
시꺼멓게 탄 속을 식혀
숯 몇 자루 꺼내 비로소 가진
눈 코 귀
입

차마 식은 불덩이밖에 꺼내지 못하는
소란의 묵언도 와병
위로처럼 내리는 구설의 적설도 아랑곳없다
말은 잊은 지 오래
입꼬리에 달린 고드름을 분질러도
몇 개의 이빨은 보이지 않았다

반골의 맨발과
빈 봉투가 된 머리에 밀짚모자를 눌러
하염없이 바라보는 새

무릎까지 빠진
눌변의 거울

꽃비

향기는 진한 구름이 되고
놀라 내가 쏟는 비는
애틋하고

쌓이는 빗속에서
해 지는 줄 모르다 저물녘
서둘러 꽃사람으로 뭉쳐
곁에 두고

함께 지새우고 싶은 분홍은
이미 내 숨을 가져다
날개로 펴
나를 우산처럼 펼쳐 둔 밤

함박 함박 내리는 소리에
검은 씨앗을 아침으로 남겨 둔
벚의 구름

종소리

    초록의 떫은 말들을 곱씹느라 마디마디 굽고 터 곱
은 손가락이 지어낸 이야기를 끼고 나무는 늙고 눈에
눈이 멀고 기억에 기억이 잡혀 뿌리는 생각도 못 하고 멀
리 뻗은 어리석음에 억장이 무너지고 솔깃한 가지들이
말라 부러질 때까지 이를 앙다물었다지
    바깥의 소리에만 귀 기울이다 내려놓은 시간들이 머
리맡에 헝클어져 감나무는 쑥스러웠고 주름으로 돋은
살얼음을 감물로 되새기는데 홀가분하게 돋는 헛기침

    아침 고해를 달게 나는 새의 가슴에 지피는 저 붉은
소리

배웅

날이 들어 모처럼
유모차를 밀고
해바라기 가는
비늘 같은 손

길이 몸으로 들어와
발이 나무젓가락 같은 지렁이
어쩌다 만난 시멘트 바닥이 낯설어 죽겠는데
갑자기 튀어나온 햇살은 또 뭔가

유모차를 밀고 가다
제 무게를 놓아 버린 지렁이를
밭으로 던져 준다

돌아볼 새 없는 둘의 몸짓
휠 휠
눈부신 배웅에
허공이 넘어왔다

절규

어디서 뽑힌 콘센트일까 두 손은
천장에 별자리만 그리다
어둠의 멱살은 잡지 못했다
꺾이는 목이 안타까웠지만
끝내 놓지 않은 손은
달이 자신의 목인 줄 알았다고
염소자리 사자자리 전갈자리
물고기자리… 다
다 뜯어 버리겠다며
횡설수설 실려 갔다

소란을 끌어 덮은 별이
악몽을 깜빡였다

풍경風磬

눈먼,
바람 소리로 별자리를 짚는다
쓸쓸함을 꺼내 뜰을 쓸면
싸리비 같은 걸음을
새들이 귀에 담아 소리를 익힌다

가끔은 뼛속에서 울음이 샜다
절벽에 범어들이 꽃으로 피는 날이면
파도가 눈 밑까지 올라온다고
처마에 묶인 바다는 달아나지 않았다

물고기들이 파닥거리며
제 그림자를 밟고 있다

상사화

마당에 나온

방아깨비가 걸어 쌓던

긴 줄기 끝

달로 쓰는

발

꿈에

놀이하는 고무줄에
저무는 해가 걸려
손을 털고 한참을 아쉬워했다
고무줄을 이으면
팽팽해지던 지평선
사소한 일들이 거룩해질 때였다
아이들은 미루나무처럼 자랐고
두려울 때마다 뒤집히는 손바닥
제 그림자에 밟혀 부서지던
꿈을

지평선을 당기던 소녀의 눈물에
떠내려온 몸이 어린 아침이었다

꽃지에서

눈앞에서 돌아서는
꽃의 서쪽
다하지 못한 말들에 지친 바다는
다시 당신을 만나 노을인가
눈만 옹송거리다
함께할 수 없는 이생은
뼈아픈 천년,
눈에 밟혀
출렁이는 전생이 붉게 타고
나는 저무는 생을 끌어 덮는다

물위의 천년을 걸어
뜨거웠다고,
돌아가는
바위로 되돌아가며
부표를 흔드는
생의 수평선 너머로 연통을 넣는다

간월도

살아내지 못할 것 같던 날들이었지
고비마다 뛰어들던 달빛에
이별을 달려온 길은 기적이었어

건너를 향해
내민 손이 뒤틀린 나무는

오랜 시간 흔들려서야
물결의 상념을 깨워
물결을 부르는 마음에
닻을 던진 서해가
짐을 풀고

썰물에 느긋하게 모래톱을 내며
함께 건너자는데
저 달의 빈방,
납작한 달빛에 몸 지지며
들고 싶은

내 안에 든 나는
썰물처럼 빠지는데
낮은 물결에서 튀어 오르는 물고기는
누가 부른 이름인가

3부

슬픔을 건축하는 들꽃

굴밥

물때 없이 들러 암자는 건너다만 보았지
닿지 못한 아쉬움은 늘 익숙한 허기였네
굴전으로 펼쳐 놓은 펄을 걸었네
대추와 밤 은행에 굴을 캐듯
밥을 덜고 무생채 콩나물에
어리굴젓 한 수저 넣고
비벼 생김에 싸면
밀어 두었던 향기가 갯골로 흘렀네
창에 다 닳은 지문을 찍는 바람과 눈 맞추는데
마침 옷고름 풀어 눈송이를 던지는 바다
첫술에 첫눈 내리는 날의 약속을 깨물었지
눈[眼]은 흩날렸고 딴청을 피웠지
굴꺽에 든 시간을 이는 입
파도는 삭힌 기침을 하얗게 뱉어
저편을 짓고
끝내 속으로만 울어
잠이 든 범종에 낀 달
건너다만 볼 뿐 나를 건너다보지도

올려다보지도 못하고
두드려 보지도 못했네
안으로 그은 눈썹이
살짝 웃음을 밟았고
나와 나 사이의 유리에 낀
흰 달은
녹아 무엇으로 남았을까
울리고 싶었던 종이 어둠이라는 것
구름에 묻고 돌아왔네 간월看月,

까치집

아이야, 오줌 지릴 일 없어
너만 너를 보지 않으면 돼
잠시 비운대도 걱정 없지

밖을 향하면
입에 칠해지는 저 싱싱한 별 소리
이제 저 소리만 귀에 쌓으렴

피란민처럼 지나가는
달을 살며
귀는 절반쯤의 공중
품을 멘다

진문여*, 혹은 아틀란티스

참 온순한 가을이었다
물살의 울음이 그물을 잡았을까
놓아둔 그물을 올리다
목이 감긴 그가 순해질 때까지
물은 물의 그물을
그물은 그물의 그를
그는 그의 배를 놓지 않았다
우두커니 바라보는 등대 아래
분주했던 새들이
부릅뜬 눈에 들어
잔잔한 쪽빛으로 돌아왔다
여
한 번씩 웃통을 벗고는 휴!
이마에 짧은 햇살을 흘리는 삶을
문득 문득
물간 손으로 머리를 쥐어뜯는
저 여자

* 태안군 기지포 앞의 등대가 있는 여, 바위

격렬비열도

난다는 것은
자신을 먼 곳으로 보내
낯설게 바라보는
가까이하기 어려워
깊이 모를 외로움을 쓰는
항로가 된 그리움
작은 배를 저어 가며
제 깃을 뽑아
맷집을 키우는
새인지
바위인지 모를
서로가 기다리는
나를 던져 두고
날마다 파도를 불러 자서를 쓰는
한 장씩 넘기다
언제가 한번은
울음의 바다를 차고 오를
우리

민달팽이

한적한 절간 방에 여승 몇이 비를 긋고 있다
눈에 들앉은 장군봉이 무릎 꿇고
산비둘기 문을 닫고

마당에 엎드린 민달팽이가 비를 맞는다
빈 몸에 붐비는 비는
몸이 산문山門

안을 기웃거릴수록
밖이 숨차다

무화과

한생을
귀만 파다
흙이 될까 두려워
살이 무를 때까지의
증언,

나는 서툰 꽃이다

가뭄

코끼리는 재빠르고 영악했다
몸집을 분할한 발자국을
저수지 바닥으로 내놓았다
억새는 매일 속보로 살았다
풀들은 고사를 두려워하지 않았고
물꼬 앞에 으르렁거리는 짐승들과
뚝 떨어지는 출생률을 마주해선
목메어 말을 잇지 못했다
부싯돌 같은 이빨에 거품이 일었다
제 잘못이 아니라고
아직은 적응이 필요한
생존경쟁이라고
코끼리는 코만 더 길게 뻗어
고집을 세웠다
몸집을 뜯어 먹던 그늘에
씩씩거리는 콧김을 지도처럼 펼쳤다
작열하는 떨림을 돋보기로 살피는 아이는
발자국에 밟힌 저수지

썩지 않는 관棺이었다

유산遺産

새를 품은 나무가 나무에 기대어 산다

오석烏石에
거칠고 꿋꿋하게 숨결을 짓는
언어의 옹이들
산은 낮고
기다림은 높다
풀과 나무, 나무와
사람과
사람 사이
서로가 절정의 이정표
기름진 고독의 밭에*
일당백
나무들 기침 소리에 울창한 아침볕
까치머리에서 새들이 난다

나무가 나무를 키운다

* 채광석 시 「기다림」에서 따옴

금강

온순한 거리였지요
풀들이 나서 밀어내는
겨울의 벼랑, 몸이 밀렸지요
키우고 싶은 몸집이 앞을 가릴까
말들의 굵은 가지를 잘라 꽂은
강둑은 마을을 기울여
실컷 울 만한 높이
안간힘이 넘어선 안 될 눈가였지요
눈물 쏙 빠지게 웃으며
서로를 쏙 빼내
낮게
더 낮게
목이 마르고 탈수록 가두지도
머물지도 않고
속울음의 윤슬을 밥꽃*으로 피워
자신을 떠나보낼 뿐
눈물과 웃음의 부역으로 낳은
몸에 든 세상 밖

울기 좋은 나루 또 있을까요
기억의 살얼음 아래
세상 밖 기적汽笛으로 남아
종이배 한 척 보내는
봄의 폭포로 내려놓을
푸르고
깊은 강은
소리들이 밀고 가는
팽팽한 그리움 때문이지요

* 류지남 시집

물고기 평전

갈댓잎 그늘의 이정표 따라
몽돌 사이에 짓는 족보가 있고
어릴 적 흐린 기억을 간지럽혀
꼬리를 흔들수록 길어지는

한낮의 뜨거움도
숨을 막는 탁한 물도
바닥을 덮은 단단한 어둠도
맞닥뜨리는 길일 뿐
강江에 수염으로
물결의 시간을 짓는

끝내 휜 강을
바다로 펼쳐 두고
지느러미로 제 속을 발라
입 속의 바다가
강을 향해 엎드리게 하지

반성

가을은 나의 발치
처음 슬픔이란 지병을 얻은 것도
내가 태어난 가을

겁도 없이 덤비다
꺾이고 찍혀
능청스레 붙잡아 둔 삭정이를
온몸에 박힌 옹이를
엄살로 갈고닦은
그늘은 편리하고 따뜻한 병상

몸이 뜨거워 주체하지 못한 나무가
분신焚身에 들 때

너무 크게 벌린 나의 입은
가을의 아궁이
울컥울컥 넘치는 핏빛
재를 받는다

흰 눈이 자랄 때까지
제 살 찢어 우는,
하늘에서 내리는 검은 눈에
야위어 가는 흰 바람

안녕, 플라타너스

네가 나를 보내고 얻은
뿌리 깊은 인내의 몸집에
더 많은 톱밥을 쏟아내야 할
헛바닥을

가지가 떨어진 줄
무엇을 두고 왔는지 모르고
옆구리에 박힌 눈물 자국
뿌리의 뿌리여

철학이란 얼마나 과감한 톱날인가
뭉쳐진 톱밥 같은 생이여

입문

잘난 것도 못난 것도
배운 것도 못 배운 것도
가진 것도
못 가진 것도 없는
흙의 표지

입 밖을 흘기던 꿈이
속 시끄럽게 찰랑거리는 무논
보낼 것 다 흘려보내고
가라앉힌 슬픔을
건축하는
들꽃

낮술

자신의 생을 그물로 돌돌 말아 버린 누구일까
곱씹을수록 수없이 기억을 꺼내 비웃는
저 이빨 빠진 물살에 뼈를 바르고 있는 잡어들
몸에 소금 안주 치고
휘청거리던 기다림은 끝내 바람 한 손뿐인가
그물 속으로 숨는 달랑게는 정말 숨은 것인가
쩐득거리는 이 자리는 또 누가 펼쳐 두고 간 미련인가

막걸리

몸에 남은 살얼음을
풀 냄새로 풀어
갈앉은 목의 단추를 푸는
호수

혀는 금이 갔고
저녁의 발 닦느라 진땀이고

풀벌레가 따라 준
울음 젓는다

4부
식지 않은 이슬을 이고

문신

꽃을 붙인 창호지에
나비가 햇살을 헤친다

문을 열 때마다
사뿐히 옮겨 앉는
어린 날들 접어
종이배를 띄우면
눈이 먼저 출렁이는 아이들
꽃을 여의주로 물었다

가난이 쌓인 가을볕 사이를
폐선이 되어 떠돌다
슬그머니 돌아와
낟알에 볕을 뿌리는 팔뚝에
'사랑'
나비가 앉아 있다

뒤안길

비틀거리는 상자들이 거리를 가득 채웠고 속 빈 거리
는 넘쳐났다 너무 많고 성실하기 짝이 없는 개미들의 문
제여서 그나마 거리는 유지되었다 하나의 새까만 실뭉
치처럼 방향은 둥글었고 어디서나 중심으로 향하는 늘
그 자리였다

상자가 상자를 업고 상자를 이고 급기야 상자가 발가
벗겨졌을 때 정작 중심이 되어 본 상자는 없다고 했다
접힌 상자의 꽃무늬로 주저앉아 머리를 쓸어 넘기면 덩
달아 한생이 넘어가 버렸다

모서리로 뻗친 손이 계산을 마쳤나
염치없이 맨발은 다른 세상을 향했고
흩어진 상자가 수의壽衣처럼 보였다

볼 수 있는 뒷모습을
앞으로만 밀고 가는
먼눈이 발을 걸어도
해가 뜨는 아침은 끊을 수 없고

뜨겁게 닫힌 눈가를 펄럭이다 마른 눈물
백지장을 물고 늙은
나비의 화사花絲

달이 큰다

수저를 들면 초승달이 달그락거렸다
머리를 쓰다듬는
굵은 못 박힌 손
머릿속으로 엉키는 뿌리
딱딱한 못에
매달려 헛배를 자랑하면 쉽게 휘었고
떨어져 뒹구는 나는
얼굴에 녹물이 가득했다

아버지는 아버지를 낳았다
빛이었고
그림자였던 나는 녹을 껴입고
나를 낳아 걸어 둔
거울 속에 얼굴을 달무리로 묻었다
입을 다시는 뿌리는
쉬 굽는 유전,
몸 밖으로 튀는

신들린 듯 소낙비 마신
달이 큰다

안거 安居

게으름을 짓지 않으려 손 든 봄이
추임새는 어디에서 흘렸는지
무엇을 보고 까먹었는지
몸살은 손톱에 뜨는 달이었다

뜬눈으로 꿈꾸며
생에 올린
편리함이 얼마나 큰 불안이었는지
햇살을 차려입은 벼 앞에서
늘 쉽고 편하게만 먹으려던 습관
옷자락에 감춰 두고
뽑아 쓰는 근심을
손을 벗어나던 뿌리
아무리 허리를 구부려도
물그림자에 돋은 땀줄기는 싱싱했고
나는 나를 부르려 얼마나 막았던가
자꾸만 모여드는 풀에 물들고
봄물로 넘치는 "아이구 죽겠다"

주문呪文처럼 탄식을 뽑아내는
지나간 생으로 놀러 와
수많은 손들이 놓아주었다

풀들을 옷장에 걸어 두고
나를 벗는 환한 저녁

못

삽날에 자루를 맞추고
못 하나 박았다

벼 끝 밟으며
지나간 흔적도 한몫이란 것을

고스란히 두렁으로 남은 발자국은
잃지 말아야 할 경계

못은 내가 쓸 수 있는
최고의 인감印鑑

손가락을 붙잡아
땅의 맥을 짚는다

소금꽃

사내가 시계불알처럼
파도를 밀고
왔다
갔다
작살처럼 꽂히는
햇살의 시계 바늘로
꽃의 몸짓을 지어
뼈를 묻는
층층

꽃의 가문을 여는
한 섬의 격랑激浪,

궁남지

궁남지에 들자 그녀가
내 눈에 물줄기를 끌어
주춧돌에 꺼내 놓은 유적을
난전은 푸르게 흥정합니다
문득 내려다본 하늘에서
오랜 패배를 안고 사는
눈시울이 일렁입니다
버드나무 그네를 뛰는 바람은
옛 소문을 접시에 담았습니다
새의 웃음소리를 물수제비로 띄우는 아이들
무지개를 건너는 옛 발소리들에 짓궂습니다
하늘이 그녀의 치맛자락입니다
강에 일박하라 인편을 넣고는
방패를 만들고
창을 듭니다
웃음의 폭포 속에서 옛 아이가 뜁니다

땀의 변명

어깨 위에 집이 있다
기침 소리 영롱한
근육에 암각의 길을 내고
찔레가 온몸에 꽃을 치는
지게 자국에 밥사발 엎어 놓은
빈집
생은 단단하고
하루는 깊다
뼛속에 갇힌 햇살을
목물로 지워 보지만
송골송골 솟아
등짝에 흐르는 우주
물의 별

풀잎이 식지 않은 이슬을 이고 있다

살구

살구! 반쯤은 눈 감아
터지면 누구나 피워지는
어떻게든 맺어지는
저 답 없이 던지는 나무의
치명적인 기회를 알잖아
꽃으로 꽃을 바르는
거친 통역의 질서
살아남은 눈은 싱싱하고
색色에 빠졌고
엷게 웃는 절망 말라
껄 껄 껄
봄바람 까먹는 장인匠人은
경쟁을 악기처럼 불어
나는 숨는 눈치에 졌네
말끔히 마친 단장
약점을 숨겨 혼자 잘 익는 척
외면이 던진 고독사의 유행을
맞불 놓는 광고의 속내를

찬란하게 밝히는
네온의 저 허기 좀 봐
너무 짧은 주기의 폭락을 꽉 잠근
옹이투성이 체제를 폭로하고 싶어
만질 수 없게만 남발하는 기회를
살구殺求, 반쯤은

소낙비

종이컵에 담은 게릴라
반란인 듯
안간힘에 숨 넘어갈 때
목에 멍에처럼 걸린
핏줄이 터져
내 안의 먼눈을 겨눈
화살,
뿌리에 닿는 속
시원한 직선
눈부셔

팽팽.

손님

일은
목 축이고
세수하고
밥을 짓는
이별

사랑은
세월을 비껴
늙지 않고
홀로 맑게 차오르는
일

너무 어려운 나는
나의 백 년

빈집

햇살이 닿는 곳마다 호랑이 발자국이 묻어 있다
사방에서 연두의 깃발을 올리는 지신들
짝 잃은 산 까마귀
묵정밭 억새풀 새털구름 젖먹이도
팔십 먹은 소꿉동무도 오늘은
만장輓章이다.
방문에 달빛 문지르던
꽃 머리 올린 삼베 치마 속
휘얼
훨
찬란한 봄마중,

나비가 집들이를 한다

인류

풀의 뒷짐이 나의 내력
부끄럼을 아는 벽
적당히 보여 주며 가릴 것 가리고
거를 것 걸러
큰소리는 속삭이고
놀소리는 크게 울어
벌레들 먹이로 주는
풀은 나의 걸음 빌려 쓰고
나는 풀에 묻어 가는
싸움의 고갈이 두려운 세상에
다행히도 나비를 위로하는
풀의 아류亞流

수술

복면을 하고 칼을 든 적 있다

함석지붕에 쏟아지는 달빛을 선언문처럼 낭독하는 풀벌레가 풀의 품을 파고드는 비를 시원하게 폭포 한 폭으로 끊어 쓰고 싶었지만 이마는 여명의 경계를 심리하는 봄의 설전에 아지랑이만 받아냈다

겨울을 그리워하기도 한 봄이 말에 묶였고 차갑게 물어뜯기는 불화에 시달리면 전단지처럼 구겨진 정신을 꺼내 녹슨 칼로 그어 버렸다 뜯긴 종이들이 몰려다니다 새순이 되기도 했고 머릿속에 눈물로 출렁이던 달빛도 폭포도 가라앉은 수렁에 이제 막 내걸고 있는 깃발 같았지만 외래종처럼 낯설었고 피는 비겁하게 식어 버렸다 무슨 부산물처럼 주어진 봄에 눈부신 유빙이 실패한 전성기처럼 녹아내릴 뿐

벌레의 목청을 높여
심장을 읽히고 싶어 안달인 풀처럼

아련히 옛일로 남겨 둔
부끄럼의 병이 사과처럼 익어
기억을 깎아 먹는
몸의 저술,
그리움의 눈물 한 근 끓고
녹슨 봄에서
그림자가 살아 돌아갔다

질문

바다에 오리들이 앉아 묻네
어디로 가는 나그네냐고
우리가 기다린 당신이냐고

지난봄
가슴에 불 지르던
파도의 출처를 오늘 만났네

진심의 이념과 서정

소종민(문학평론가)

목적격 조사의 기능과 역할

편무석의 시에는 목적격 조사 '을/를'이 매우 빈번
하게 사용된다. 일일이 예를 들기엔 꽤 많은 곳에서 발
견되므로, 전형적으로 보이는 몇 가지만 들어 본다.
"사소한 기적들을 살펴 통영을 통해 통영을 알게 됐
고 몸에 습관처럼 밴 통영을 살면서 한번 가 보지 않
고도 은밀히 남겨 둔 통영에 갇혀 통영을 살았다 (중
략) 통영을 깃대에 걸고 온 힘 다해 끌어 올려도 감당
할 수 없는 역할을 요구하는 밤을 유유히 빠져나가는
날이었고 (중략) 통영을 사는 눈사람을 덮친 바다는
비명을 음악처럼 흘렸다"(「통영」, 밑줄은 필자). 위 대
목에서 사용된 '을/를' 가운데, '통영을 산다'는 표현이
눈에 띈다. 보통은 '통영에 산다'고들 하나, 시인은 '통
영을 산다'고 쓴다. 시인에게 통영은 신체를 이동시킬
수 있는 물리적 장소 이상이어서 '~에'를 쓰지 않고
'~을/를'을 쓴 것이다. '통영'은 정신적 거처이자 장차
거기에 깃들 목표 지점이며, 시작詩作의 목적이다. 그

런 까닭에 시 「통영」은 본인에게 "가난의 만선을 누리는 낭만"을 만들어 준 '바람벽'의 시인 백석을 기리는 오마주로 읽힌다.

> 눈먼,
> 바람 소리로 별자리를 짚는다
> 쓸쓸함을 꺼내 뜰을 쓸면
> 싸리비 같은 걸음을
> 새들이 귀에 담아 소리를 익힌다
>
> 가끔은 뼛속에서 울음이 샜다
> 절벽에 벙어들이 꽃으로 피는 날이면
> 파도가 눈 밑까지 올라온다고
> 처마에 묶인 바다는 달아나지 않았다
>
> 물고기들이 파닥거리며
> 제 그림자를 밟고 있다
>
> ―「풍경風磬」 전문

1연에서, 시적 화자는 바람 소리로 별자리를 짚고, 쓸쓸함으로 뜰을 쓸고, 싸리비 같은 걸음을 걷는다. 목적격 조사 '을/를'로 되었지만, 이유는 알 수 없다.

단, 새들은 소리를 익히기 위해 그 "싸리비 같은 걸음"
을 귀에 담는다. 물론 소리를 익히는 새들조차 뚜렷한
의도를 따르는 것 같지는 않다. 비록 목적을 알 수 없
고 분명하지 않지만, 1연 다섯 행에서 '을/를'이 점층적
으로 반복 사용되면서 모양 없고 소리 없는 무색무취
한 '목적'의 투명한 윤곽만큼은 선명하게 느껴진다. 이
'투명함'은 고행과 수련의 과정일 2연에서 뼈와 절벽과
꽃과 파도와 바다라는 물질적 이미지들의 격량을 거
쳐, 3연의 '물고기들의 그림자'로 귀결된다. 그림자는
빈 것[空]과 꽉 찬 것[色]의 경계, 있음과 없음의 경계,
즉 있지도 않고 없지도 않은 '그 무엇'이다. 그렇게 시
「풍경風磬」은 얼룩조차 남기지 못할 '순간-존재들'의
여정을 아름답게 현현顯現한 시라고 말할 수 있다.

　예의 목적격 조사 '을/를'은 다음의 시에서도 적극
적으로 기능한다. "물살의 울음이 그물을 잡았을까/
놓아둔 그물을 올리다/목이 감긴 그가 순해질 때까
지/물은 물의 그물을/그물은 그물의 그를/그는 그의
배를 놓지 않았다"(「진문여, 혹은 아틀란티스」). '을/
를'에 의해 물과 그물과 그와 배는 서로 얽혀 있다. 물
과 그물과 배는 그가 상대하고, 물과 그와 배는 그물
이 상대하며, 그와 그물과 배는 물을 상대하며, 물과
그물과 그는 배를 상대한다. 서로 이유가 되어[因], 한

자리에 얽혀 있다[緣]. 이 시에서 '을/를'은 대상들을 엮는 매개 기능을 하며, 조사助詞로서의 역할을 넘어 연결사/접속사의 기능을 떠맡는다. 바다와 어선과 어부가 가을의 수평선 저 멀리에서 이상향을 수놓는다. 이마가 빛나는 여자로 의인화된 바위가 미소지으며 이 '온순한' 풍경을 바라보고 있다.

앞서 본 바와 같이 편무석의 시편 곳곳에는 목적격 조사 '을/를'이 여러 장치로 쓰이고 있다. 「통영」에서처럼 물리적 대상 너머를 지향하고, 「풍경」에서처럼 투명한 윤곽을 묘사하는 장치로 기능하며, 「진문여, 혹은 아틀란티스」에서처럼 대상들을 엮는 연결자 역할을 맡기도 한다. 그런데, 어떤 시에서는 '을/를'이 독법을 적극적으로 방해하는 역할을 하기도 한다. 대상을 중첩시켜 지시 방향에 혼동을 주는 것이다. 경우에 따라 대상들을 무질서하게 나열하는 데에 '을/를'이 쓰여 읽는 이의 호흡을 가쁘게 하며 답답함을 느끼게도 하는데, 이 또한 일정한 시적 의도에 의한 것으로 여겨진다.

목적격 조사의 '불분명한' 활용이 빈번하게 나타난다는 건, 한편으론 시적 대상이 된 현실 상황에 대하여 시인 자신이 매우 비관적으로 판단하거니와, 상황 타개가 오래 이루어지지 못해 생겨난 조급함 때문이라고 할 수 있다. 세상에는 있어선 안 되는 사태가 일어나고, 그런 재난들이 똑같이 반복되면서 우리는, 그리고 시인은 지쳐 간다. 급기야 '을/를'은 시인의 의미심장한 몇 편의 장시에서 '묵시默示의 어조'와 '은유적 표현'을 창안하는 기능마저 떠맡는다. 시적 대상과 주체를 빈번히 도치시키는 데 '을/를'이 활용되는 것이다. 시인에게 미래는 매우 어둡다. 그리고 이러한 "묵시의 어조는 그러한 은유에 의지하지 않고는 묘사될 수 없다."[1] 나아가 은유에 의지하지 않고는 세계의 침하를 견딜 수 없는 것이다.

지구地球라는 이름의 공원公園

이 시집에서 가장 득의得意의 작품은 「공원」일 것이다. 이 작품은 여덟 연聯으로 이루어진 악몽의 몽타주 montage다. 몽타주를 구성하는 이미지들의 심상과 의미는 모두 전복된다. 이미지들은 서로 충돌하고 갈등한다. 이미지들은 어떤 의미를 담으려 하지 않고 제각각 스스로 무질서하게 분출하며 탈선한다. 이를테면, "사막을 지나 지하철은 연착"한다. 이미 시의 첫 문장

---

1 크리스토퍼 노리스, 「묵시의 이본(異本)들」, 『종말론』(문학과 지성사, 2011) 301쪽.

부터 실제 현실에서는 있을 법하지 않은 장면, 즉 대재난disaster 이후의 풍경으로 시작한다. 다음 문장은 "늘 한발 늦었지만 기억의 터널에서 마지막에 놓친 발자국이 샘이었고 목을 축이기엔 불결해 보였다"로서, 필요하고 또 있어야 할 것은 늘 뒤늦게 오고 그마저 망가졌거나 오염되어 있다. 의도와 소망과 기대는 곧 좌절에 이르고, 기억은 비틀려 있거나 깨져 있고, 시간조차 늘 어긋나 있다.

> 더러는 수건으로 목을 가렸지만 여기저기 튀어나오는 소리가 더 날 세워 불편을 호소했다 눈치만 는 고양이는 웅크린 의자였고 역할을 다한 도구들이 얹혀졌다 등을 부리면 가시만 곤두서는 화분(「공원」 1연)

컴컴한 터널 또는 축축한 맨홀 같은 장소에 깃든 무리가 형체를 드러내지 않은 채 소리로만 자신들을 표현할 뿐이다. 고양이는 사물화되었고, 화분은 공격적이다. 모두 제 본모습과는 다르게 변신해 있다. 터널 또는 맨홀 바닥에는 "캐어 맞춘 뼛조각들이 엉성하게 서성거렸다"(2연의 첫 문장). 다음 문장, "생각하는 것만 보고 듣는 골격은 얼마나 끔찍하고 간결한 흉기인가"(2연의 둘째 문장)로 미루어 볼 때 앞의 뼛조각들은 인간의 것임을 짐작하게 한다. 나아가 자신이 '생각한 것만 보고 듣는', 자기 인식의 오류와 한계를 인지하지 못하는 유아적唯我的 태도는 곧 끔찍한 흉기, 즉 자기 파괴적 폭력의 기원이며, 1연과 2연에 전시된 폐허의 최종 원인이다.

나무그늘이 나무를 삼키는 것을 보았다 더 큰 나무로 돌아와 평정했지만 두려움을 숨기지는 못했다 풀은 당황한 문상객처럼 허리 굽혀 겨우 체면치레를 하고도 허둥거렸다 한낮의 전등불은 외벽에 부딪힌 비명을 쪽창 앞으로 하얗게 몰아붙였다 좀처럼 열리지 않고 온전히 하루를 걸어 잠그는 나무들
낡은 자전거가 아이를 훔친 줄 모르고 천천히 지나갔다
물먹은 얼굴이 초록으로 떨어졌고 그 순간
초록은 미래의 공습이었다 (「공원」 3연)

나무그늘과 풀, '한낮의 전등불'과 낡은 자전거가 주어의 위치에 있다. 사물들은 의인화된 주체가 되어 상황과 국면을 구성한다. 모두 두렵고 당황하며 허둥거리고 서로 몰아붙인다. '나무들'은 하루를 걸어 잠근다. 아이가 자전거를 훔치는 게 아니라 자전거가 아

이를 훔친다. 핵전쟁 또는 기후 붕괴라는 재난/재앙 이후, 인간은 대상의 지위로 퇴행해 있다. 그러므로 '물먹은 얼굴'은 당황과 불안과 공포로 부은 얼굴일 것이다. '초록'은 더 이상 싱그러움의 표상이 아니다. 푸른 초목은 낱낱이 몸체로 으깨져 '초록' 즙으로 변했거나, 시냇물과 강물과 바닷물을 온통 뒤덮은 녹조인 듯하다. 여기서 초록은 미래를 잡아먹는 세계 종말의 색이 된다. "엄마 손 놓친 아이가 고장 난 벨처럼 울었다."(4연) 미래의 표상이어야 할 '아이'는 앞으로 어떻게 되는 것인가? '시간'조차 수명이 다 되어 헐떡이고 있다. "시간을 쪼개 쓰는 벽시계는/낮은 계단에도 숨이 찼고/어떤 소리에도 간섭하지 못해/덩칫값도 못하는 폭력일 뿐"(5연)이다.

고요한 꽃의 스피커를 맴돌던 새가 시곗바늘에 앉아 시간을 구부려 버렸다
낡은 자전거 바퀴에 감긴 울음을 조금씩 풀어내는 슬픔은 덜컹거렸고 전부 나사가 풀려 따로 놀았다 펴지지 않는 날개가 혀로 변했고 서로가 서로를 끼워 맞춰 그럴듯해 보였지만 누구도 앉지는 않았다 (「공원」 6연)

'고요한 꽃의 스피커를 맴돌던 새'는 인간사와 무

관한 우주의 무심한 운행이다. 그렇게 해석할 때, 6연은 운행을 멈춘 인류-역사 최후의 형상으로 인지된다. 죽음의 새가 내려앉아 미래의 날개는 검은 혀로 바뀐다. 조문하러 오는 이조차 사라진 지 오래다. 그렇게 "오래된 미래가 터널의 입구에"(7연) 깔린다. 아이와 함께 미래는 소멸했다. 이윽고 장례 절차만 남는다. "염殮은 충분히 언어를 기억해냈고/안개를 뭉쳐 입을 막았다". 마지막, "뒤돌아 붉은 젖을 짜던 엄마 냄새만 흥건"(8연)하다. '가이아'라는 이름의 어머니-대지는 흔적만 남기고 생을 다한다. 제목인 '공원'은 곧 '지구地球'를 뜻한다. 그러므로 시 「공원」은 지구 종말의 서사시다.

예술사학자 맬컴 불은 이렇게 말한다. "영어에서 '끝end'은 종결 혹은 행위의 목표(목적)라고 할 수 있을 텐데, 종종 그 두 가지 모두를 뜻하기도 한다. 자신이 원치 않는 곳이 자신의 최종 목적지가 되기를 바라는 사람은 없을 테니까."[2]

시 「공원」은 이런 두 가지 뜻을 모두 담고 있다고 생각한다. 작품의 표면에는 '세계의 끝'을 그리지만, 이면

2 맬컴 불, 「종말(end)과 목적(end)의 결합에 관하여」, 『종말론』(문학과지성사, 2011) 9쪽.

에는 '벼랑 끝으로 치닫는 세계의 운행을 멈추자'[3]는
창작 목적이 숨어 있다고 말이다. 부디 편무석 시인의
근심과 우려가 은유에 그치길, 우리는 바란다. 세상이
평화로워지기를 그 누구보다 시인 자신이 간절히 바
랄 것이다. 바로 그 마음이 시 「공원」에 함축된 진심이
다.

서정의 거처

편무석 시인의 시가 잠언이나 묵시록의 형식인 것
만은 아니다. 편무석 시의 본령은 어디까지나 서정抒
情에 있다. 격하고 험한 세상 현실에 관하여 깊이 근심
하고 사유한 결과로 얻어지는 이념형의 시편들은 곁
에서 함께 살아가는 뭇 생명에 관한 깊은 애정에서 비
롯한다. 시집에 수록된 작품 대부분은 격한 외침, 눈
물 어린 고백, 정겨운 대화, 근심 가득한 하소연 등을

---

3 문예비평가 발터 벤야민도 2차 세계대전의 와중에 비슷한 말을
남긴 바 있다. "마르크스는 혁명이 세계사의 기관차라고 말했다. 그
러나 어쩌면 사정은 그와는 아주 다를지 모른다. 아마 혁명은 이 기
차를 타고 여행하는 사람들이 잡아당기는 비상 브레이크일 것이다."
―「「역사의 개념에 대하여」 관련 노트들」(1940년), 『역사의 개념에 대
하여 외·발터 벤야민 선집 5』(도서출판 길, 2008) 356쪽.

읽어 자아낸 고아古雅한 서정시들이다. 바다와 섬을
이웃하며 오랜 노동으로 살림살이를 꾸려 온 시인이
나무와 새들, 꽃과 파도 그리고 겨레붙이에게 매일매
일 답장 없는 편지를 써 온 결과의 산물이다.

> 가을은 나를 앓고
> 나는 가을을 서럽게 타오르는데
> 우리는 얼마나 더 타야
> 잘 자란 안부를 꺼낼 수 있을까
>
> ―「포옹」 부분

　시인은 따뜻한 삶을 살기 원하고, '잘 자란 안부'를
꺼내길 원한다. 어떻게 해야 그럴 수 있느냐고 거푸 묻
는다. 끝나지 않는 물음은 답을 찾기 위한 고행으로
이어지기 마련이다. "초록의 떫은 말들을 곱씹느라 마
디마디 굽고 터 곱은 손가락이 지어낸 이야기를 끼고
나무는 늙고 눈에 눈이 멀고 기억에 기억이 잡혀 뿌리
는 생각도 못 하고 멀리 뻗은 어리석음에 억장이 무너
지고 솔깃한 가지들이 말라 부러질 때까지"(「종소리」)
고행은 계속되고 또 계속된다. 결국, 시집 『나무의 귓
속말이 떨어져 새들의 식사가 되었다』는 세상이 걸어
오는 안팎의 싸움을 불사하면서도 평온함과 온순함

을 잃지 않으려는 시인의, 고행과 수련의 산물이다.

> 놀이하는 고무줄에
> 저무는 해가 걸려
> 손을 털고 한참을 아쉬워했다
> 고무줄을 이으면
> 팽팽해지던 지평선
> 사소한 일들이 거룩해질 때였다
>
> —「꿈에」 부분

고된 나날에 불현듯 떠오르는, 꿈에서나 만날 어린 시절의 회상이 아련하다. 붉은 노을 아래 긴 그림자를 드리우며 동무들이 서 있다. 집으로 돌아가야 하는 아쉬움만 가득하다. 한 아이의 기억에 그 순간이 강렬하게 각인되어 그날을 생각하면 거룩한 느낌이 든다. 그 순간은 나뭇잎 하나, 강아지 한 마리, 바람 한 점, 꽃잎 한 장, 그 어느 것도 없어서는 안 되는, 완전한 '있음'의 상태였을 것이다. 하늘과 땅이 있고 동무들과 내가 있다. 시간은 그 사이를 흐르다 그날 그 순간이 마치 정지된 것처럼 생생한 기억으로 보존된다. 너무나도 거대한 대상의 위력에 꼼짝없이 압도되어 저절로 일어나는 경외敬畏의 감정은, 곧 숭고崇高다. 숭고한 아름다움이 온몸에 스며든 아이는 그 순간부터 남다른 감성으로 삶을 마주했을 것이다. 그 아이는 시인이 되었을 것이고, 문득 이유 없이 벅차올라 남몰래 많이 울었을 것이다.

> 버들잎 간판 아래
> 바람과 햇살과 사람들이 줄 서 있다
> 국숫발은 그곳에 자손을 퍼뜨린 나무
>
> ─「버들 국수」 부분

> 가난이 쌓인 가을볕 사이를
> 폐선이 되어 떠돌다
> 슬그머니 돌아와
> 낟알에 볕을 뿌리는 팔뚝에
> '사랑'
> 나비가 앉아 있다
>
> ─「문신」 부분

국숫집 간판 아래, "바람과 햇살과 사람들이 줄 서 있다". 이미 그대로 아름답다. 국숫집, 즉 국수가家는 묵묵히 식구를 낳아 기르고 사람들을 먹이니, 오래도록 튼튼히 제 자리를 지키며 매해 그침 없이 잎을 내고 꽃을 피우며 열매를 맺어 떨구는 거대한 나무 한 그루다. 편무석 시인의 서정을 낳은 또 하나의 거처가 바로, 아픔과 슬픔을 고스란히 삭여 가며 무심한 노동으로 삶과 일상과 터전을 꾸준히 일구어내는 어머니-민중民衆이다. 반백 년 바다 일을 하다가 이제 골목이나 집 마당에 낟알을 내어 말리며 소일하는 저 노인의 팔뚝에 '사랑'이라는 문신이 새겨져 있다. 그 역시 아버지-민중으로서 시인의 서정을 만든 원천이다.

> 햇살이 닿는 곳마다 호랑이 발자국이 묻어 있다
> 사방에 연두의 깃발을 울리는 지신들
> 짝 잃은 산 까마귀
> 묵정밭 억새풀 새털구름 젖먹이도
> 팔십 먹은 소꿉동무도 오늘은
> 만장輓章이다
> 방문에 달빛 문지르던
> 꽃 머리 올린 삼베 치마 속
> 휘얼
> 훨
> 찬란한 봄 마중,
>
> 나비가 집들이를 한다
>
> —「빈집」 전문

찬란하고 황홀하여 더할 나위 없다. 민중으로 살아, 내내 살붙이를 건사하다가 고스란히 자연으로 돌아간 이들에 바치는 찬가讚歌다. 천지신명 모두 모여 한 시절 산 넋과 함께 즐거이 한바탕 놀아 보는 판굿이다. 점입가경漸入佳境하다. 이렇듯 죽음이 죽음답고 삶이 삶다울 때, 세상은 살 만한 곳이 된다. 시인이 보고 만난, 살 만한 지경地境이 조금씩 너르게 펴져 간다면 꿈은 더욱 숭고해질 것이고, 현실도 더욱 조화로울 것이다. 악몽도 더 이상 꾸지 않을 것이다. 시인의 노래와 이야기는 오래 멀리 전해질 것이다. 시詩를 만나 서로 알아보게 된다면, 당신의 '잘 자란 안부'를 전하기를.

나무의 귓속말이 떨어져 새들의 식사가 되었다

2022년 5월 16일 1판 1쇄 펴냄

지은이   편무석

펴낸이   김성규

편집   김은경 김도현

디자인   신아영

펴낸곳   걷는사람

주소   서울 마포구 월드컵로16길 51 서교자이빌 304호

전화   02 323 2602

팩스   02 323 2603

등록   2016년 11월 18일 제25100-2016-000083호

ISBN 979-11-92333-12-0 04810

ISBN 979-11-89128-01-2 (세트)